댄스, 푸른푸른

창 비
청소년
시 선
14

댄스,
푸른푸른

김선우 시집

창비

차례

제3부
생생한
푸른푸른 말

제1부

**뺨에
뺨을
대 보다**

한 송이 말의 힘

진심에서 우러난

한 줄기 말을

놓아 준 적 있는 자리에선

한 송이 기쁨이

반드시 피어난다

그때가 언제이든

밥 먹었니?

우리 엄마 아빠도
선생님도 자주 하는 말인데
똑같은 말인데

네가 오늘 내게 한
이 말을 떠올리면
가슴이 간질간질해
햇볕이 새싹에 닿은 것처럼
자꾸만 심장이 간질간질해

밥 먹었니?
물어 준 네 생각 하다가
네가 저만치 나타나면
재채기가 날 것처럼
목 안이 간질간질해

밥 먹었니?
대체 이게 뭐라고

번데기 마음

왜 번데기는
나비가 되기 위해 참고 또 참는다고만 생각해?
번데기는 번데기인 자기가 그냥 좋을 수도 있잖아

번데기가 번데기인 게 싫으면
번데기인 채 말라 죽어 버렸겠지
그런데 죽지 않았잖아
번데기가 번데기인 걸 좋아해야
죽지 않고 살아서
나비로 변할 수도 있는 거 아니야?

나중에 나비가 되건 아니건
그건 암튼 나중의 문제고
번데기일 땐 번데기인 자기를 좋아하는 게
순서인 것 같은데

나비가 되기 위해 번데기인 상태를 꾹 참고 견뎌야만 한
다고

교장 쌤이 자꾸 자꾸 자꾸 말해서
나는 아주 아주 아주 졸리다고요!

번데기도 마음이 아주 아주 아주 많을 거라고요!

대체 왜 어른들은 하나같이
번데기가 나비를 위해서만 있다고 생각할까?
나 참 답답해서
나는 번데기 마음을 알 것 같은데

모래성 쌓기 놀이

쌓는 것도 좋지만
제일 멋진 순간은

파도가 밀려와
모래성이 스르르
무너질 때

꺄아아아아아아아 우리는
환호성을 지르지

무너진 모래성이
발가락 사이로
차르르르 빠져나갈 때

마음이 시원해지지
다음엔 또 어떤 모래성을 쌓을까

새로운 기대를 하게 되지

무너진 뒤에
놀이는 새로 시작되지

맨드라미

쭈글쭈글 닭 벼슬 같아
거인의 혓바닥 같아
외갓집 마당에 내 키랑 비슷한 맨드라미
넌 왜 이렇게 생겼니
꽃 같지 않게

그때 맨드라미가 말했어
넌 왜 그렇게 생겼니
라고 나는 말하지 않아
너는 그냥 너지

맨드라미에게 사과했어
누가 나에게
너는 왜 그렇게 생겼니
라고 물으면 얼마나 속상할까
나는 나일 뿐인데

키가 비슷한 맨드라미

빰에 뺨을 대 보았어
나답고 맨드라미답게
체온이 서로 달랐어

思春期

외할아버지는 붓글씨를 쓰신다 외갓집에는 〈수처작주〉
〈진인사대천명〉 이런 말을 한자로 쓴 족자가 여러 개 걸려
있다 한 글자씩 짚어 가며 의미를 풀어 주실 때면 다 멋진
말이지만 나한텐 좀 어렵다 올해엔 세배하러 갔더니 족자
를 하나 써 주신다고, 갖고 싶은 글귀가 있냐고 물으셨다
나는 〈사춘기〉를 써 달라고 말씀드렸다 할아버지가 너털
웃음을 지으며 그래그래, 하셨다

사실 내가 〈사춘기〉를 갖겠다고 한 건 용도가 있어서였
다 아무 때나 문 벌컥 여는 엄마 아빠 동생에게 슬슬 화가
나기 시작했기 때문이다 〈접근 금지!〉 팻말을 방문에 붙이
고 싶은 때였는데 마침 할아버지가 족자 제안을 하셨으니
딱이었던 거다

思 春 期

사춘기가 이렇게 멋있는 말인 줄 처음 알았다 생각하는
봄? 생각의 봄? 아무튼 이제 막 생각이 자라기 시작하는

16

아주 중요한 때라는 것 아닌가? 그러니 함부로 벌컥벌컥 남의 방문을 열지 말아라! 나님 생각 중이시닷! 사춘기를 붙여 놓으니 어쩐지 내가 좀 고상한 사람이 된 거 같다 생각하는 존재가 된다는 것은 그럴듯하구나 싶어서 으쓱하기도 한다 시작은 단지 접근 금지 팻말용이었는데 이젠 사춘기 달린 내 방에 들어가 문을 딱 닫고 나면 뭔가 본격적으로 생각이란 걸 하고 싶다는 생각이 또 살랑살랑 피어나기도 한다

　　바야흐로 나는 지금 생각의 봄이 싹트는 중이다

봄

너에게

네가 웃으면 봄이다

네가 웃어야 봄이다

말랑말랑 할머니

할머니랑 나는 친구야
이 빠진 마음을 우리는 알지
마음을 알면 친구야

어렸을 적 앞니가 두 개 빠졌을 때
나는 창피해서 입을 벌리기도 싫던데
할머니는 어떨까

할머니, 이가 없어서 속상하지?
할머니는 괜찮다고 하지만

이 빠진 마음을 아는 나는
말랑말랑 떡이랑 양갱이랑 홍시를 보면
할머니 생각이 제일 먼저 난다

비밀 정원

우리 집 루비가 무지개다리를 건너갔습니다
화장한 루비는 평소 자주 앉아 낮잠 자던
마당 왼쪽 동백나무 곁에 묻었습니다

엄마는 말했어요
—눈물은 죽은 것을 다시 태어나게 한단다
나는 동백나무 아래서 펑펑 울었습니다

학교에서 돌아오면
루비에게 제일 먼저 갑니다
내 눈물이 루비를 무엇으로 태어나게 했을까,
열심히 살펴보는 중입니다

새싹,
바람,
은빛 거미줄,
이슬 한 방울,
햇빛 부스러기까지

전부 새롭게 보입니다

세상이 온통 루비의 비밀 정원 같습니다

눈이 똑똑한 개를 만난 날

"하이고야, 이 개 좀 봐라. 눈이 똑똑하구나."
할아버지가 버려진 개를 따뜻하게 쓰다듬었다
"할아버지, 눈이 똑똑하다는 게 무슨 뜻이에요?"
똑똑하다는 말을 좋아하는 내가 물었다
"눈에 심지가 살아 있잖냐. 자기를 지키는 개다."
할아버지 말씀이 가슴에 콕콕 박혔다

ㅡ눈이 똑똑하다는 것은 자기를 지키는 것이다
라고 일기에 쓰고 잠들었을 때
그 개가 내 꿈속으로 따라왔다

한밤중에 깨어나 다시 일기장을 펼쳤다
ㅡ오늘은 눈이 똑똑한 개를 만났고
　눈이 똑똑한 개는 자기를 지킬 것이니까
　버려진 개가 아니다
라고 쓰고 나니 그제야 마음이 놓였다

심지가 살아 있는 눈과

자기를 지키는 일에 대해 생각하다 잠든 밤,
눈이 똑똑한 개 덕분에 마음이 조금 더 자랐다

내 남친 영호

내가 좋아하는 선생님이 그랬어
단순한 게 진리래

내가 영호를 남친 삼온 이유는 단순해
지난주 체육 시간에 뜀틀을 했는데
수돗가에서 영호가 그랬거든
―수아야, 너 머리카락에 햇빛이 잔뜩 묻었다

오글거린다고?
난 그렇게 말할 줄 아는 영호가
단박에 좋아졌거든

깡충깡충 뜀틀을 뛸 때
나도 내 머리카락에 햇빛을 막 묻히는 기분이었거든
뭔가 온통 반짝거리고 달콤해진 기분!

우린 딱 통한 거지
단순한 게 진리래

—수아야, 여기 아직 아프냐?
내 턱에 밉게 난 흉터
가까이서 본 애들은 징그럽다고 하는데
영호는 아프지 않냐고 물었거든

문장 부호 명상

마침표는 씨앗 같다
문장 하나 쓰고 마침표를 콕 찍으면
나중에 반드시 싹이 튼다는 약속 같다

쉼표엔 햇빛과 물을 더 많이 주어야지
생각거름을 받아먹고 잠시 숨 고르다가,
더 단단한 문장으로 자라겠다는 다짐 같다

말줄임표는 가만히 눈 감은 속눈썹 같다
조용히 생각을 익히고 익혀서……
언젠가 마침표를 만나고 싶다는 소망 같다

생각이 쑤욱 크다가 익은 벼처럼 고개 숙여
'근데 내가 어디를 향해 이렇게 열심히 가는 걸까'
싶을 때 물음표가 생겨난다
급히 가느라 잃어버린 것은 없나?

물음표 곁에는 느낌표가 있다

보이거나 보이지 않는 느낌표들이
물음표와 함께 자란다!

요즘 나는 물음표에 제일 많이 감정 이입 중이다
물음표가 많아지니 느낌표도 많아진다
이만하면 괜찮은 사춘기다

너에게

기다리겠다는 말을 하려고
너를 기다리던 그때

은행잎 한 장이 내 어깨에 떨어졌다

새순이 엄지손톱만 하게 돋았던 봄에
나는 이 나무 아래 너와 함께 서 있었다
나뭇가지 사이로 서로 바라보았고
멋쩍어져 은행잎 새순들을 만지작거리다가
손가락을 스친 적이 있다 그때 네가 말했다
"이렇게 작은 새순이 큰 은행잎 모양을 다 갖추고 있는 게
정말 신기하지 않니?"

너는 학교가 답답하다며 학교 밖 세상으로 갔다
너는 좋아하는 그림을 맘껏 그리겠다며 먼 나라에 갔다
너는 가끔 편지를 보내온다 먼 나라에서 네가 보낸
편지를 들고 나는 이 나무 아래로 온다
너는 집시처럼 돌아다니며 많은 것을 배우고 있다고 한다

세계를 여행하며 나무를 심는 프로젝트를 계획 중이라
고도 한다
네가 그려 보낸 은행나무를 나는 한참 들여다보았다
"내가 제일 많이 심고 싶은 나무는 은행나무야."
나는 가만히 웃으며 네 얼굴을 떠올린다
작별 인사를 하자며 팔을 활짝 벌려 나를 안던 너를
처음이자 마지막이 된 그 포옹의 느낌을

네가 떠난 지 이 년, 나는 너의 용기가 부럽지만
나는 여기서 지켜 드려야 하는 부모님이 있다
내가 있어서 살아갈 힘을 얻는다는 나의 부모님

네가 없는 학교에서 너를 그리워하지만
이 나무 아래서 너를 기다리는 시간이
너를 향해 가는 시간이라고 나는 믿는다

뭐랄까, 오늘 같은 저녁은

노을이 너무 예쁘게 내려서 학교 옥상에 올라갔어
혼자 올라갔는데 네가 왔어 "노을 보러?" "응"
노을이 너무 예뻐서 또 네가 왔고 또 네가 왔고
또 네가 왔어 노을이 너무 예뻐서
우리는 나란히 앉아 노을을 봤어

뭐랄까…… 오늘 같은 저녁은…… 어쩌다 오게 된 거겠
지만…… 이 세상이…… 너무 아름다운 것 같다고…… 태
어나길 참 잘했다고……

우리는 비슷한 마음이었을 거야
두 손을 국자처럼 모아 하늘을 이만큼 떠내고 싶은,
지는 해의 마지막 즙을 꾹 짜내고 싶은,
이 생생한 붉은빛을 아픈 누군가에게 떠먹이면 병이 나
을 것만 같은,
손바닥에 남은 노을의 지문을 오래 들여다보고 싶은,

붉게 번진 우리들의…… 따뜻한 그림자…… 아픈 게 다

나은 것만 같은…… 그런 저녁이었어

공허,라는 말

그런 적 너도 있지 않니?
마음 한쪽이 텅 빈 것 같은 느낌

그럴 땐 하늘을 바라봐

텅 비어서 자유로운 하늘을
무엇이든 새로 품을 수 있는 하늘을

배운다는 것

어떤 삶을 살든
무엇을 하며 살든

산다는 건 배우는 일이야
세상 모든 게 다 배우는 일이야

모든 게 배움이니
배움의 질이 중요하지

내가 선택한 삶이라야 후회가 없어
힘들어도 포기하지 않고
계속 배울 수 있는 힘은
나의 선택에서 나오지

내가 원하는 걸 할 때라야
인생은 최상의 배움터가 되지
그럴 때라야 행복은 친구가 되지

나의 나무 이야기

내 작은 나무 이야기 해 줄까. 아기 때 가족 여행 간 남쪽 도시에서 내가 그 나무를 마냥 좋아했대. 나는 기억 안 나지만, 붉은 꽃을 매단 초록 나무 밑에서 어부바어부바 종알거리면서 방긋방긋 웃더래. 동네 화원 앞을 지나다가 아주 작은 아기 동백나무를 보고는, 엄마가 딱 저거다 했대, 내 일곱 살 생일 선물로 말야.

그렇게 만나서 십 년 동안 나와 함께 자란 내 친구. 그동안 작은 화분에서 조금 큰 화분으로 이사했어. 그래 봤자 여전히 작은 나무지만 내겐 아주 큰 나무이기도 해. 십 년 동안 나의 나무와 함께 지내면서 알았거든. 나무는 매일 열심히 살고, 열심히 살다 보니 어느 날 꽃도 피고 열매도 달린다는 걸.

지금 나의 나무는 붉은 꽃 세 송이를 달고 있는데, 꽃을 피우려고 애써서가 아니라 매일 열심히 살다 보니 꽃을 피우게 된 거야. 난 그걸 알아. 꽃 지면 열릴 열매도 마찬가지. 매일 열심히 살다 보니 열매를 맺게 된 거지, 열매를 가지려고 사는 건 아닌 거야.

꽃도 안 피고 열매도 안 열리는 해도 있었지만, 나의 나무는 아무렇지 않았어. 슬퍼하거나 절망하지도 않았어. 햇빛과 바람과 물을 기쁘게 만나면서 매일 살아 있는 것만으로 충분히 반짝였어.

매일 열심히 자기의 시간을 살다 보면, 어느 날 선물처럼 꽃도 피고 열매도 맺는 거란 걸, 나의 나무가 내게 가르쳐 줬어. 내 친구 나의 나무는 작지만 아주 큰 나무지.

수업 시간에 꿈꾸기

이 구름나무는 코끼리
이 구름나무는 우리 엄마
이 구름나무는 통통한 사과
이 구름나무는 기다랗고 예쁜 뱀
이 구름나무는 꽃다발

내 정원 가위가 슥삭슥삭 움직이면
모양이 바뀌면서 쑥쑥쑥 자라는 구름나무들

나는 하늘 정원을 가꾸는 정원사가 될 테다!
꿈에서 결심한 순간,
"야, 이놈아, 뭐 해 먹고살려고 이러니?"
꿈 밖에서 선생님이 소리쳤다
흠, 이런 잔소리는 귓등으로나 흘릴 테다!
나는 꿈에서 깨지 않으려고 꿈속으로 막 달렸다

제발요, 선생님
내 꿈은 내 거니까, 뭐라 하지 말아 주세요!

한 권의 책

마음속에 책 한 권을 떠올려 봐요
당신이 제일 좋아하는 색으로 표지를 만들고요
무지갯빛 테두리 장식도 좋아요

첫 장을 펼쳐요
아무것도 쓰이지 않은 백지예요
당신의 이름을 거기에 적어요
이 책의 지은이는 바로 당신이니까요

다음 장을 펼쳐요
아무것도 쓰이지 않은 백지예요
당신이 이루고 싶은 꿈을 적어요
아주 사소한 것도 좋고 큰 것도 좋아요

꿈을 이룬 당신의 모습을 상상해 봐요
가능한 한 자세하게 묘사해 봐요
글자로 적어도 좋고 그림으로 그려도 좋아요
얼굴에 미소가 떠오를 거예요

미소를 지으면 몸이 웃어요
몸이 웃으면 마음이 건강해지죠

꿈을 이룬 당신은 근사한가요?
되고 싶은 모습 그대로인가요?
당신이 묘사해 놓은 책 속의 당신을
감상해 봐요 입가에 가득 미소를 머금고서

하루에 십 분 정도면 충분해요
이 시간 동안 당신은
온전히 당신만을 위한 책을 쓰는 거예요
이제 책을 덮고 가슴에 꼭 안아 봐요
심장 안쪽에 당신의 책을 잘 보관해요

하루에 한 번
마음의 책장을 열어
상상의 책을 꺼내고 집어넣으면서
한 페이지씩 채워 가는 당신 자신의 이야기

당신만의 책을 품고 있는 한
당신은 지지 않아요
웬만한 고난엔 끄떡없는
마음의 힘을 가지게 될 테니까요

그때가 언제이든 빠르든 늦든
당신이 진심으로 꿈꾸는 대로
조금씩 되어 갈 거예요

삶을 당신 편으로 만드는
비밀 무기,
이 한 권의 책을 가슴에 품어요
당신만이 저자인 단 한 권의 책을

외로움에 대하여

괜찮아

어떤 경우에도

나는 나와 함께이니까

괜찮아

어떤 경우에도

내가 나를 믿어 주는 한

제2부

뾰족한 말
말고

그 말은 너무 뾰족해 1

신호등 아래서 어떤 오빠가
XXXX,라고 했다
나한테 한 말은 아니었지만
그 말이 너무 뾰족해서
귀가 꾸욱 아픈 것 같았다

학교 앞 문구점 전봇대 앞에서
어떤 아저씨가 침을 퉤 뱉으면서
XX XXX,라고 했다
나한테 한 말은 아니었지만
날카로운 못에 찔린 것처럼
발바닥이 쿡쿡 아팠다

뾰족한 말들은
뾰족뾰족 날이 서서
귀와 눈꺼풀과 발바닥을 아프게 한다

뾰족한 말들을

뾰족뾰족 뱉어 내는
오빠들과 아저씨들 입 속은 괜찮을까
나는 괜히 걱정이 된다

그 말은 너무 뾰족해 2

이상한 일이야
아깐 분명 뾰족하고 아주 아픈 말들이었는데
우리 반 교실일수록
내 친구들일수록
아까 그 아저씨 오빠들과 비슷한 욕을 해도
뾰족하게 느껴지지 않는다
심지어 우리끼리 쓰는 욕은 구수하게 느껴진다, 헐!
이래서 모든 게 마음먹기 달렸다는 걸까?

그래도 욕은 욕이다
나와 친구들이 카톡으로 ㅋㅋㅋ 보내듯 쉽게 하는 욕들을
우리를 모르는 사람들이 들으면
좀 전의 나처럼 뾰족뾰족 찔리겠지?
귀도 눈도 발바닥도 아프겠지?
내 말이 누군가를 찔러 아프게 하는 건 싫다
공기 중에 우리가 한 욕들이 둥둥 떠다니며
뾰족뾰족 상처 내는 걸 상상하면 어후, 진짜 싫다

은지의 연필

"힘을 빼야 해. 두 손에서 모두. 특히 칼 잡은 손은 반드시."

은지는 화가 날 때면 연필을 깎는다고 했다

내가 은지와 처음 짝이 되었을 때, 은지가 좋아졌던 이유는

연필을 깎는 은지의 모습 때문이다 사각사각,

칼날이 지나갈 때마다 꽃잎처럼 연필밥이 떨어져 쌓였다

은지는 연필밥을 따로 모아 예쁜 봉투에 넣었다

흑심을 간 후 남은 가루는 받침 종이째 접어 쓰레기통에 버렸다

날렵하게 깎은 연필을 흡족하게 바라보는 은지는 어딘지 신비했다

마치 영화 속 주인공처럼

은지는 연필향이 좋다고 했다 여러 가지 나무 냄새가 섞여 있는

연필밥을 모아 둔 상자가 보물 1호라고 했다

"죽은 나무에서 만들어지는 꽃잎 같아."

은지는 연필밥을 연필 꽃잎이라고 했다

열 살 때부터 연필을 깎으며 모았다는 연필 꽃잎 다섯 봉지가
차곡차곡 쌓인 보물 상자도 은지처럼 예뻤다

은지네 부모님 사진을 그날 보았다
은지네 집에 놀러 간 친구는 내가 처음이라고 했다
은지 아빠는 대학 교수이고 엄마도 회사를 운영하는 높은 분이라고 했다
두 분은 늘 바쁘다고 했다 아파트 바닥과 벽이 모두
차갑고 반들반들한 대리석이었다

오늘은 은지가 아침부터 연필을 깎았다
한 손에 연필을 한 손에 칼을 들고 사각사각, 사각사각,
조용히 집중하는 은지의 앞머리 밑으로 푸르스름한
멍 자국이 보였다 비비 크림을 발라 멀리서는 눈에 안 띄지만
내 눈에는 보였다 등교 후 내내 연필만 깎던 은지가
조용히 한숨을 내쉬고는 연필밥을 봉투에 모았다

은지는 우등생이다
그런데 은지는 자주 연필을 깎는다
요즘은 손목이나 얼굴 어딘가 멍이 들어 있을 때가 있다
마치 영화 속에 나오는 사람처럼

나는 우등생도 아니고
우리 집은 은지네처럼 잘살지도 않는데
나는 왠지 은지가 가엾어서 울고 싶다
은지를 우리 집에 데리고 가서
엄마 아빠가 차려 준 따뜻한 밥을 먹여 주고 싶다
하고 싶은데 못 하는 이야기가 있다면 들어 주고 싶다

작지만 온몸인 은빛 물고기처럼

나는 새들의 말을 알아들을 수 없고
가난한 사람들을 부자로 만들 수 없고
지진, 화산 폭발, 가뭄, 홍수를 막을 수 없고
학교를 없애 버릴 수 없어

하지만 나는 새들에게 내 식대로 인사할 수 있고
교실 구석에서 시들어 가는 화분에 물을 줄 수 있고
지하철 좌석을 할머니에게 양보할 수 있고
지진으로 집을 잃은 지구 저편 아이들을 위해 내 용돈
삼천 원을 보낼 수 있고
물을 함부로 낭비하지 않으려고 노력할 수 있고
학교 도서관에서 더 넓은 세상의 책들을 읽을 수 있고
경비 아저씨에게 감사의 인사를 드릴 수 있고
좀 더 나은 세상을 위해 노력하는 시민들을 응원하는
"좋아요"를 표현할 수 있고
내 방을 내가 청소할 수 있고
식구들을 위해 설거지를 할 수 있어

무엇보다 나는 어떤 행동을 할 때
그것이 나와 더불어 사는 사람들을 위해
도움이 되는 것인지 고민할 수 있어
적어도 한 번 더 생각하고 행동할 수 있어

나는 아직 어리지만
파도를 헤쳐 나가는 용감한 은빛 물고기처럼
온몸으로 물보라를 일으키며 나의 길을 갈 수 있어

서어나무 은희

나무 박사 은희가 왔다
광릉 수목원에 체험학습 다녀온 후로
숲 해설사가 되기로 했다는 은희
숲과 나무가 너무나 좋다는 은희가
심각하고 진지한 얼굴로 말했다
―우리에겐 서어나무가 필요해.
―?
―서! 어?
―?
―우린 너무 서둘러 달리잖아. 뭐든 빨리빨리.
―아항, 서! 할 때 그 서?
아재 개그 같은 이야기를 나누며 둘이 한참 낄낄댔다
은희는 볼까지 빨갛게 달아오른 채 진지하다
나는 그런 은희가 참 좋다
102동에 사는 은희와 나는 같은 중학교에 다녔다
고등학교에 가면서 학교가 달라졌지만
그래도 우리는 자주 만난다
우리는 중학교 2학년 때 영원한 우정을 맹세했다

우정을 영원히 간직하기 위해선
자주 만나야 한다고 서로 약속했다 우정은
나무처럼 보살피고 인사해 줘야 윤기가 나는 거라고
은희는 말하곤 한다
은희가 진지하게 무언가 말할 때
나는 턱을 괴고 가만히 은희의 반짝이는 눈을 본다
그러면 괜히 기분이 좋아진다
오늘은 은희가 숲 해설사 이야기를 할 때
내가 제일 먼저 물은 말 때문에 조금 부끄럽다
—그걸로 먹고살 수 있는 거야?
은희가 눈을 동그랗게 뜨면서 말했다
—꼭 아빠처럼 말한다, 너어?
　우린 아직 그러면 안 돼. 슬프다구.
　거기 딱 서! 서어!

할머니와 문학

할머니가 돌아가셨을 때
내게 남은 할머니의 목소리 중에
제일 오래된 것은
일테면 매우 문학적이었다

맑은 날도 그렇지만 특히 비 오는 날
사방이 어두워지는 저물녘이면
할머니가 말하곤 했다

―벌써 어둡구나, 아이고, 저릿해.

저릿하다는 게 어떤 느낌인지
그때는 정확히 몰랐지만
학교 도서관을 드나들며 문학책을
한창 많이 읽던 때라서였을까?

"어둡다"와 "저릿하다" 사이의 연관성이
어쩐지 퍽 문학적이라는,

그런 알쏭달쏭한 생각을 했었다

시간이 많이 흐른 지금도
비 오는 날 어두워질 무렵이면
가끔 할머니 생각이 난다

저릿하게 어두운 하루의
어떤 무릎을 지나
아침은 오는 거겠지, 싶은 마음이 든다

하늘과 도둑

지하철역에서 어떤 아저씨가 외쳤다
"그때 하늘 문이 열리고
믿지 않는 도둑들은 천벌을 받으리라."
무섭고 이상한 말이었다
나는 그 아저씨에게 이야기해 주고 싶었다

아저씨, 하늘에는 문이 없어요
하느님은 문 같은 거 만들지도 않고요
문을 잠그지도 않아요

하늘을 한번 보세요
쳐다보기만 하면 금방 알게 되는데
어른들은 왜 자꾸 이상한 말을 하는지

보세요, 저기 어디에 문이 있어요?
하늘에는 대문도 현관문도 없고
문이 없으니 잠글 필요도 없어요
그래서 하늘에는 도둑이 없어요

도둑은 몰래 따고 들어갈 문이 있어야
도둑이 되니까요

여행

여행가를 꿈꾸는 진우의 다이어리에는 이렇게 적혀 있다

〈일 년에 한 번은 처음 가는 낯선 곳을 찾아가기〉

진우에게 여행이란 이런 거구나

진우는 이번 여름 방학에 혼자 서울에 가서 광화문 광장을 찾아가 보았다고 했다

나는 녀석이 정말 멋진 여행가라는 생각이 들었다

그 봄, 내가 처음 끓인 죽

1

엄마가 아파 누운 이튿날, 나처럼 요리를 좋아하는 단짝 친구들과 전복죽 레시피를 찾았다

용돈 털어 마트에서 전복을 사고 두 시간 걸려 죽을 끓였다

—괜찮아. 자식 때문에 죽지도 못하는 게 엄마란다.

—에이, 엄마도 참, 왜 그런 말을 해. 엄마 내가 이제 공부 열심히 할게.

다행히 엄마는 딱 삼 일만 아프고 일어나더니, 금세 호랑이 엄마로 변했다

—우리 딸이 끓여 준 전복죽은 내 평생 안 잊을 거야. 그런데! 죽은 죽이고! 너 그렇게 공부 안 하다가 평생 후회한다. 어른들이 하라는 건 다 이유가 있는 거야. 정신 차리고 공부나 해!

2

그리고 바로 다음 날이었다

그 배가 바다에 있었다

티비 앞에서 우리는 얼어붙었다

다음 날 다시 다음 날…… 나도 엄마도 아빠도 모두 눈이 퉁퉁 부었다

학교에서도 집에서도 친구들도 선생님도 식구들도 자주 말을 잃었다

누군가 건들면 눈물열매가 툭 터지듯 눈물이 흘렀다

그렇게 봄이 갔다

3

간신히 여름이 되었다

봄 이후 가장 많이 변한 건 우리 엄마다

엄마는 마트에 가져가는 에코백과 외출할 때 드는 핸드백에 노란 리본을 달았다

내 책가방에도 달아 주었다

엄마는 이제 나에게 공부하라는 잔소리를 하지 않는다

—은선아, 뭐든 너 하고 싶은 걸 해. 네가 행복하면 엄마는 다 좋아.

아무래도 돌아오지 못한 세월호 친구들에게 빚을 진 거
같다,고 가끔 생각한다
추웠을 친구들에게 내가 끓인 따뜻한 죽을 먹이고 싶다

빨간약 미란이

엄마와 한 달에 한 번 봉사하러 가는 고아원
미란이는 내 막내 동생과 동갑인 꼬마

오늘은 미란이가 빨간약을 고아원 여기저기 칠했다고
선생님이 한숨을 휴우우

무릎에도 발등에도 뺨에도 손등에도
미란이는 빨간약투성이

엄마와 나는 미란이를 목욕시켰다
웬일인지 엄마가 조금 울었다

목욕 마친 미란이가 빨간약 들고 엄마에게 다가와
"아프면 말해요. 엄마 호오 해 줄게요."

나는 미란이가 우리 엄마를
진짜 엄마로 여기면 좋겠다고 생각했다
미란이는 정말 예쁜 동생이니까

봄비

봄비는 봄비처럼 내려요
한 사흘쯤 아픈
강아지 맥박 소리가
봄비 속에서 들려요

이제 그만 아프고
끼잉, 일어나려는
강아지 앞발 같아요
보슬보슬 꼬리 같아요

봄비는 봄비처럼 내려요
며칠 아프긴 했지만
이제 그만 건강해지려는
강아지 숨소리처럼 내려요

지한이 형의 비밀

지한이 형은 거구다
어깨가 내 네 배는 되고
허리통은 여섯 배는 되는 거 같다

어른들은 지한이 형한테
이것저것 힘든 일을 많이 시킨다
지한이 형은 어른들에게 공손하다

지한이 형은 자꾸 커진다
작년보다 올해 두 배는 커졌다
사람들은 지한이 형이 많이 먹어서
뚱뚱해지는 거라고 하지만
나는 안다 지한이 형이 점점 커지는 건
울지 않기 때문이다
아주 어려서부터 몸속에
슬픔이 차곡차곡 쌓였기 때문이다

천사원 아이들은 걸핏하면 울었지만

지한이 형은 한 번도 울지 않았다
누군가 울면 지한이 형은
자기보다 먼저
우리를 보살폈다

울고 싶을 때 울지 못해
몸속에 가득 차 버린 눈물이
지한이 형이 되었다

눈물거인 지한이 형을
사람들은 모른다

북극곰을 보았다

바싹 말라서 비틀거리며 걷는 북극곰이
폐기름통을 뒤지며 먹을 것을 찾는 유튜브를 보았다
북극의 기온이 오르고 빙하가 녹아
북극곰의 식량인 물개를 잡기 힘들기 때문이라고 한다
이 북극곰을 발견한 사진작가는 울면서 영상을 찍었다
고 한다

꼬마 때부터 데리고 자던 내 북극곰 인형을
꼭 껴안았다 어쩌지, 울면서 북극곰을 찍은 사진작가처럼
나도 할 수 있는 일이 별로 없어서 속상하다
아픈 지구를 치료할 종합 병원은 어디에 있을까
망가뜨리는 것도 치료하는 것도 결국 사람의 몫이라면
나는 치료하는 쪽에 있고 싶은데

병원은 점점 커지지만
지구는 점점 아프고

북극곰이 아파서 오늘 나는 슬프다

엄마 냄새

가족들과 오래 떨어져 있으면 제일 그리운 건
엄마 냄새
따뜻한 엄마 냄새
따뜻하다는 게 어떻게 냄새가 될 수 있는 걸까?
신기한 엄마 냄새

보여 주기 싫은, 보여 줘야만 하는

절대로 잃어버리면 안 되는 중요한 카드인데
꺼낼 때마다 싫다
보여 주기 싫다

그래도 어쩔 수 없다
배가 고프다
편의점에서 카드를 보여 주고
흰 우유 하나와 삼각 김밥을 샀다

식당에 가지 그러냐고?
이 카드를 받아 주는 식당은 너무 멀고
보여 줄 때마다 눈치가 많이 보인다
혼자서 밥 먹는 나를 바라보는 눈길도 싫다
불쌍하게 보는 것 같아서 싫다
혼자서 테이블 하나 차지하고 밥 먹는 게
민폐 같기도 해서, 내가 부끄럽게 느껴진다
밥이 너무 먹고 싶어서 찾아갔던 날
밥이 짰다 내 마음이 흘린

눈물 때문에

그 뒤로 식당엔 안 간다
편의점이 속 편하다
출입구 옆에 놓인 큰 잎사귀 녹색 화분
가끔 식물들이 부럽다는 생각이 든다
급식 카드 같은 거 없어도 되는,
햇볕과 물만 있으면 죽지 않는 식물들이

나도 광합성을 할 수 있으면 좋겠다고
가끔 생각한다

생일 미역국

엄마, 아주 맑은 어둠을 한 그릇 끓였어요

날 낳으려고 태어난 것 같다는 엄마

　—이상하게도 너는 아기 때부터 날 위로했어 내가 널 꼭 안으면 고사리손으로 내 등을 토닥토닥해 줬다니깐! 요만한 아기가 말이야 하하하, 누구한테 배웠을까? 하느님한테 배운 걸까? 가난한 엄마한테서 태어나게 될 테니 위로 많이 해 주라고? 내가 널 안으면 그게 마치 날 위로해 줘야 하는 신호라는 듯이 토닥토닥…… 내 등을 두드려 준 아기다, 네가!

　응, 엄마, 날 낳으러 태어나길 잘했어
　나도 내가 자꾸 좋아

　그러니 오늘은 엄마 생일 많이 많이 축하해!
　나, 엄마의 수호천사 헤헤

아무것도 없는 시

제목과 지은이와 본문이 있어야 하는데,
그게 내가 배워 온 시인데,
어라? 아무것도 없이 본문만 덜렁 있다

본문만 있는 시를 프린트해서 나눠 준 선생님이
십 분 동안 읽어 보란다
그리곤 생각과 느낌을 자유롭게 말해 보란다

지은이에 대한 지식도 없고 제목도 없으니
이만저만 곤란한 게 아니다

—이 시가 무엇에 대해 말하는 것 같아요?

우리의 대답은 그야말로 될 대로 되라 만만세, 그중 긴
대답들은 이랬다:
코끼리를 먹은 보아뱀 배 속을 여행하기, 방탄소년단이
달에 가서 열게 될 콘서트의 메인 테마, 드론으로 할 수 있
는 일 열 가지, 레고를 사랑한 소년이 짝사랑한 엄지공주

의 취미 생활, 외계인과 친구 되는 방법, 독이 든 사과를 마
카롱으로 만드는 레시피……

선생님은 결국 그 시의 제목도 지은이도 알려 주지 않았다
우리가 생각한 그 모든 것이 다 맞을 거라고도 했다
그렇다면 시험에 나올 확률이 전혀 없다는 뜻일 테니
나는 마음이 편해졌고
그 시가 더 궁금해지기 시작했다
다른 아이들도 마찬가지인 모양이었다

우리는 시에 대해서 엄청 많은 이야기를 나누었다
―혹시 지은이가 선생님 아냐?
―혹시 너 아니냐?
마음에 드는 아무나 가리키며 너냐? 너냐? 너냐?
그러면서 우리는 또 한바탕 웃었다 참 이상한 것은
너냐? 하니까 갑자기 내가 쓴 것 같기도 했다는 거다
시 한 편을 두고 이렇게 오래 이런저런 생각을 해 본 적
이 없어서인지

그 시에 내 마음이 아주 많이 녹아 있는 것 같았기 때문
이다

시험에 나올 가능성이 전혀 없는 시 한 편이
오늘 하루를 아주 이상하고 재미나게 만들어 주었다

짝

너는 긴장하면 손등을 마구 긁는다
오른손으로 왼 손등을 피가 날 것처럼 아프게 긁는다
어떤 슬픔이 네 마음에 쌓여 있는 걸까?
네 손을 꼭 잡아 주고 싶다
긁어서 붉게 팬 손등에 꽃씨를 심어 주고 싶다

나는 오래전 엄지손가락을 빠는 버릇이 있었다
부모님은 늘 곁에 없었고 빈집은 자주 추웠다
외로울 때마다 나는 엄지손가락을 입에 물었다
갈수록 밉고 못생겨진 내 엄지손톱에
꽃씨를 심어 준 건
초등학교 4학년 때의 내 짝이었다

따뜻한 조약돌 같던 아이,
5학년 때 전학 갔지만
지금도 나는 '짝'이라는 말을 떠올리면
그 애가 제일 먼저 생각난다
나도 너에게 짝이 되어 주고 싶다

왜?

급식을 남기지 않기로 결심한 첫날이다
먹을 수 있는 만큼만 받기로 했다

지구에 사는 사람들 중
매일 3만 명 정도가 굶어 죽는다는 기사를 보았기 때문
이다

우리나라에서 매일 버려지는 음식물 쓰레기가
43억 원어치라는 기사도 보았기 때문이다

미국에서 매년 폐기되는 음식물이 100조 원이 넘는다는데
세계의 절반은 여전히 굶주린다니!

지금 당장 내가 할 수 있는 가장 작은 일이
음식을 버리지 않는 일 같았다

내가 할 수 있는 조금 더 큰일에 대해서는
앞으로 곰곰 생각해 볼 예정이다

안다는 것

머리로 아는 것과
가슴으로 아는 것이

서로 통할 때

통해서 찌르르 뭔가 느낄 때

느껴서 하루 중 어딘가 조금이라도 변했을 때

비로소 진짜 아는 것

제3부

생생한
푸른푸른 말

노랑리본자리

그해 봄 이후

새로 생긴 별자리

슬프거나 기쁜 날
가만히 바라본다

가끔 하늘로 두 팔을 뻗어
쓰다듬어 본다

친구들 몫까지
더 열심히 살아야지

다짐한다, 노랑 리본 별자리

토닥토닥 별빛을 품는다

해먹을 짜자

아픈 학교를
풀 덩굴과 나무뿌리로 짠 그물에 담아
햇빛 좋은 바닷가에 널어 두고 싶다

아픈 학교 안에서
아프던 우리

햇빛 가득한 맑고 힘센 몸으로
푸른 바다 금빛 햇살 아래
일광욕하면서 뛰어놀고 싶다

언젠가 학교도 우리도 건강해지면
해먹을 어깨에 메고 돌아갈까 어쩔까

일단 먼저 해먹을 짜자
학교를 재울 해먹을 짜자

모르겠습니다!

―자, 다들 알겠지?
선생님이 말했다 교실은 조용하다
앞쪽에 앉은 열 명 정도는 진짜 아는 것 같다

가족 여행 갔던 첫날 밤에 나는 들었다
"어쩌지? 우리도 보내야 하는 거 아냐?"
"관두자. 학교에서 할 공부를 왜 학원에서 미리 해?"
"그래도…… 다들 보내는데……."
"덩달아 미치진 말자고!"
텐트에서 자다가 잠깐 깬 나는
엄마 아빠가 엄청 자랑스러웠다! 감동을 간직한 채
다시 잠을 청하다가 으아, 또 감동 먹었다
"나도 학교 공부는 담 쌓았었어. 흐흐." 아빠 목소리
"맞아 나도 날라리였잖아. 호호." 엄마 목소리

―자, 다들 알겠지?
선생님이 말했다 교실은 조용하다
그때 그 일이 일어났다 나도 모르게 내 손이

번쩍 올라간 거다 가족 휴가 때 신나게 놀았더니
힘이 넘쳤나 혹시 내가 미쳤나
벌떡 일어난 내가 기운차게 외쳤다

"모르겠습니다!"

아이들이 일제히 날 바라봤다
내가 좋아하는 민영이도 날 뚫어져라 바라봤다
정말 이상한 일이었다
모른다고 말하는 게 하나도 부끄럽지 않았다!
가슴이 시원하게 뻥 뚫렸다

수직과 수평 1

성적표

수직이 아니라 수평을 생각하면
세상은 엄청 크고 다양하고 넓어지는데
자꾸 수직으로만 줄을 서라고 한다

나름 괜찮은 대학에 갈 비율은
한 반에 대략 10퍼센트인데
그럼 90퍼센트의 인생은 뭐란 말이지?

열 명 중 아홉 명을
한 명의 들러리로 만들면서
이런 수직이 공정하다고,
정말 그렇게 생각하는 겁니까?

수직과 수평 2
파랑바다와 빨강나무

파랑은 파랑이어서 예쁘다
빨강은 빨강이어서 예쁘다

바다는 바다여서 신비하다
나무는 나무여서 신비하다

수평은 수평이어서 근사하다
수직은 수직이어서 근사하다

그런데 왜 한쪽에선 수직만 강요할까
그리고 왜 한쪽에선 수평만 옳다 할까

지겹다, 이런 이분법
자기 말만 하는 지루한 어른 세상

꽉 막힌 담벼락을 와장창창 깨뜨리며 날아가는
나는 빨강발노랑동그라미파랑새가 될 테다

이해 안 가는 교실

벌써 3교시
이해할 수 없는 수업이 1교시부터 계속된다
학원에서 선행 학습을 받고 와야 이해할 수 있는 수업
시간
학원에 가지 않는 나는 수업 시간에 공상을 한다
학원에서 선행 학습을 하고 오는 공상을 한다

딱 세 달만 학원에 다녀 볼 수 없을까
알아들을 수 없는 수업이 너무 많아서 용기 내어 엄마에
게 말해 볼까 하다가
엊그제도 엄마가 일하는 식당에서 양파나 한 자루 깠다

아, 벌써 3교시
날씨가 너무 좋다
이런 화창한 날엔 답답한 교실 대신
한강 공원에 나가 개미굴이나 찾았으면
개미 세계의 혹성탈출 같은 걸 영화로 찍어도 잼날 텐
데!

이해 안 가는 수업 시간은 개미굴 공상하기 딱이다

내가 아주 어린 꼬마였을 때

나는 우리 할머니가 선녀나 삼신할머니
금도끼 은도끼에 나오는 산신령 뭐 그런 부류인 줄 알았어
할머니는 하루 종일 사람 아닌 것들과 인사하고 다녔거든
물을 길으러 간 우물에서 두레박질을 하고는
"고맙소, 맨날 이래 맑은 물을 주시니."
먹구름이 몰려오는 하늘을 보면 공손히 인사를 하고는
"고맙소, 메마른 때 어찌 알고 때맞춰 오시니."
한번은 내가 동굴 집 만들고 놀던 뒷산에서
도토리를 아주 많이 모아 왔거든
그때 할머니는 내 손을 잡고 다시 뒷산에 가자 하셨어
"이걸 싹 쓸어 오면 도토리 묵고 사는 산짐승은 배곯지."
내가 모아 온 도토리 절반을 다시 덜어 주고 왔지
뒷산 어귀에선 공손히 산을 향해 고개 숙여 인사했어
"야가 아직 어려서 욕심냈소. 이해해 줍소."
그때 나는 투덜거렸지만 속으로는 할머니가 엄청 신비
해 보였어
— 할머니는 사람이 아닌 게 분명해.
　사람보다 사람 아닌 걸 더 예뻐하다니.

84

그런 할머니가 나는 은근히 좋았어 할머니가 돌아가셨
을 때

나는 할머니 산소 앞에서 이렇게 인사해 봤어

"고마워요, 흙님 풀님, 우리 할머니 따뜻하게 안아 주세
요."

할머니가 이글루처럼 둥그런 흙집 안에서

이불 덮고 빙긋이 웃고 계신 것 같았어

개야 개야 니가 짱이다

　강아지풀이 살랑살랑 흔들리면서 강아지 강아지 하는
것 같아
　강아지풀을 꺾어다 줄기를 떼어 내고 책상에서 깡충 뜀
을 시키며 짝이랑 놀았다
　반 아이들이 신기한지 모여들었다
　한 번 뜀 때마다 강아지 꼬리가 복슬복슬
　강아지풀은 강아지 꼬리를 닮았다

　이게 니가 말한 강아지풀이냐?
　그렇다고 하자 아이들이 와아, 웃었다

　개쩐다!
　강아지풀은 진짜 강아지 같네!

　강아지풀은 어디에나 흔한데
　여기 애들이 이렇게 신기해하는 건
　이름을 몰랐기 때문일까?
　겨우 이런 놀이를 보고 신기해하는 걸 보니

도시 애들이 영악하다는 시골 어른들 걱정은 다 뻥이다

강아지풀 덕분에
오늘 나는 새 학교에서 인기 짱이었으니

개감동 받았다!

개미굴을 찾아서

개미굴 따라 산으로 갔었지
끝없이 이어진 개미굴 따라
하루가 켜졌지
개미굴 속에 켜진 하루를 따라
해가 움직였지
가능한 한 개미들에게 피해를 주지 않고
그들을 관찰하고 싶었어
발걸음을 조심하며
개미들의 생활을 엿보았지
체계적이고 정교한
개미굴은 정말 근사했어!
아침 해가 저녁달로 바뀌는 동안
내 가슴이 내내 두근거렸지
개미굴 찾아 하루 종일
잊지 못할 여행을 하고 돌아오니
집이 온통 난리가 나 있었지

벌레 먹은 잎

나뭇잎 중앙에 둥그스름 벌레 먹은 자리

벌레의 입장이라면
1. 냠냠 맛있다
2. 흠, 다음엔 더 맛난 잎을 찾아야겠어

나뭇잎의 입장이라면
1. 아야야, 아프다 아파, 살살 좀 갉아라
2. 에고, 아직 이도 안 난 애기 벌레구나, 옛다, 먹고 힘내라

나무의 입장이라면 어떨까?

벌레 먹은 나뭇잎 한 장 들고 나무를 올려다보았다
솨아아, 초록빛 물보라 치는 소리가 가득 들려왔다
나뭇잎과 벌레와 나와 나무와 하늘과 바람과……

이 잎사귀 먹고 자란 벌레는 지금 어디서 뭐 하고 있을
까?

내 운동화는 사춘기

늦었다! 허겁지겁 운동화를 발에 꿰고 달려 나오는 길이
었다
아파트 엘리베이터 턱에 툭 걸리더니 운동화 한 짝이 벗
겨졌다
닫히는 문에 한 발을 집어넣어 간신히 잡고
벗겨진 운동화를 얼른 주워 들었다
—어휴, 반항 쫌 하지 마라 엉?
벗겨졌던 운동화가 쌜쭉하는 것 같았다
버스 정류장에서 버스를 탈 때도 내릴 때도
운동화가 자꾸 벗겨지려는 느낌,
—그렇게 학교에 가기 싫냐? 엉?
운동화를 째려보지만 딴청만 부린다
학교 정문 앞에선 과속 방지 턱에 턱 하고 걸리더니
또 한 짝이 벗겨져서 저만치에 툭!
나야 그렇다 치지만 어느새 운동화가 내 병에 전염됐나?

등굣길에 다섯 번이나 저항하던 운동화가
하굣길엔 티 나게 얌전하다

현관에서 운동화를 벗다가
그만 너털웃음이 터지고 말았다
내일 또 학교 가야 하는 시무룩한 내 운동화 표정이 가
관이다

너는 어떻게 생각해?

응? 행복? 글쎄…… (곰곰)

뭐 그리 어렵고 고상한 건 아닌 것 같고,
다른 사람이 시켜서가 아니라
내가 하고 싶어서 뭔가를 할 때
행복하다는 느낌을 갖게 되는 것 같아
아아아, 지금 너무 좋다! 뭐 이런 순간

응? 꿈? 글쎄…… (곰곰)

뭐 그리 어렵고 거창한 건 아닌 것 같고,
내가 하고 싶은 거겠지
꿈은 여러 개일 수도 있고
계속 바뀔 수도 있을 것 같은데,
아무튼 내가 하고 싶은 거!

(흠, 내 대답이 너무 일차원적인가?
근데 왜 물었어? 넌 어떤데?)

어떤 날의 투정

왜 모든 방들이 사각형인 거야?

나는 사각형 실내가 마음에 안 든다

그중에 제일 지루한 건 바로 교실!

오각형 육각형 삼각형이면 좋겠어
둥그런 방도 좋아

둥근 방에 들어가서
한 일주일쯤 푹 자다 나왔으면……

왜 모든 방들이 사각형인 거야?

사각형 실내가 죽도록 마음에 안 드는,

내 투정의 원인은 수면 부족이다

사랑하는 엄마 아빠에게

아시죠? 내가 엄마 아빠를 정말 사랑한다는 거
늘 고맙게 생각한다는 거
그러니까 오해 말고 들어 주세요
두 분을 사랑하지 않아서 이런 말 하는 게 아니라는 거
믿어 주셔야 해요

엄마 아빠가 저를 많이 사랑한다는 것도
잘 알고 있어요 그래서 열심히 공부하고 있고요
근데 엄마 아빠
내가 아무리 열심히 공부해도
도저히 더는 성적이 오르지 않는 선이 있는 걸
인정할 수밖에 없어요 저도 정말 속상해요

무엇보다 엄마 아빠한테 미안한 마음 때문에
제가 너무 힘이 들어요
너 때문에 산다,고 엄마가 말할 때
너만 바라보고 산다,고 아빠가 말할 때
무서워질 때가 있어요

도망치고 싶을 때가 있어요
엄마 아빠 기대를 만족시켜 드리지 못하는 내가
너무 한심해서 죽고 싶을 때가 있어요

이런 말 하면 속상하시겠지만요
저도 너무 힘들어서……
오늘은 마음 독하게 먹고 이 얘길 할게요
엄마 아빠 제발, 저 때문에 살지 마세요
엄마는 엄마의 꿈 아빠는 아빠의 꿈을 위해서
살았으면 좋겠어요
제가 너무 숨을 못 쉬겠어서……
자꾸 나쁜 생각이 들어서……
저 좀 살려 주세요 제발

모른 척했다

5분 지각이 그렇게 엄청나게 맞을 일인가?
상우가 말도 안 되게 퍼 맞을 때
그 체벌은 분명 부당했는데
왜 나는 적극적으로 말리지 못한 걸까?
선생님은 조회에 들어올 때부터 화가 나 보였는데
분명 선생님의 감정 과잉이었는데
폭발 직전 하필 상우가 딱 걸린 게 분명했는데
왜 나는 가만히 있었던 걸까?
누군가 한마디만 했다면
교실 분위기가 바뀔 수도 있었는데
왜 나는 문제 제기하지 못한 걸까?
분명 부당한 체벌이었는데
눈감아 버린 나에 대해 하루 종일 생각했다

고흐 씨가 전해 준 말

학교 꽃밭에 해바라기가 피었다 딱 하나가
껑충하게 핀 걸 보니 일부러 심은 건 아니겠고
어쩌다 날아온 씨앗이 자란 것 같았다
내가 이름을 아는 몇 안 되는 꽃, 해바라기
체육 시간 끝나고 교실로 들어가는데 아이들 중 누군가
외쳤다
"야, 고흐다, 고흐!"
누구였는지, 왜 그렇게 말했는지 모르지만, 아무튼 그때
부터
그 꽃은 고흐가 됐다

그날부터 나는 운동장을 오갈 때마다 고흐 씨에게 인사
를 했다
내가 아는 척 안 하면 고흐 씨가 먼저 나를 불러 세웠다
그냥 지나치려고 하면 뒤통수에 꽂히는 고흐 씨의 시선이
따가웠기 때문이다 헤헤, 안녕하세요, 고흐 씨?

고흐 씨에게 인사를 하게 된 날부터

쉬는 시간 틈틈이 인터넷에서 그림을 찾아보게 되었다
고흐 관련 글들이 눈에 띄면 옛날과 달리 유심히 읽었다
—고흐는 지구와 별들이 회전하는 소리를 듣곤 했다.
나로선 처음 해 본 생각이라 깜짝 놀랐다
속도감 작렬하는 고흐의 붓 터치가 어쩐지 이해되기도
했다

그리고 그 일이 일어났다
그날도 안녕, 고흐 씨? 인사하고 막 지나치려 할 때였다
줄기가 많이 마르고 힘없이 고개를 수그린
고흐 씨가 안쓰러워서 잠깐 그 앞에 멈추어 섰을 때다
시들어 가는 둥근 고흐 씨 얼굴 안에서 내가 보였다
카메라를 고속으로 배속해 돌릴 때처럼 눈 깜짝할 사이에
쑥쑥 커 어른이 된 내가 또 어느새 수우우욱 수그러들더니
왕창 늙어 버리는 거였다
—그리고, 그리고, 또 그리는 수밖에 없어.
고흐가 동생 테오에게 했다는 말이 귓가에서 웅웅거렸다

별들과 지구가 매일 자전하는 속도가 시간인 거라면
나의 시간도 저렇게 빨리 지나가 버리겠구나!
갑자기 눈 속이 뜨거워졌다 지금 이 시간이
얼마나 아깝고 귀한지 가슴이 마구 벅차올랐다
사랑하며 살고 싶다, 행복하게 살고 싶다!
이런 생각들이 마구 가슴을 두드렸다
시든 해바라기 앞에서 나는 태어나 거의 최초로
내 가슴의 말을 경청했다
가슴이 막 넓어지고 깊어지는 듯한 아주 이상한 날이었다

다음 날 등굣길에 고흐 씨를 보았다
왠지 그럴 것 같은 느낌적 느낌이 있었는데 예상대로였다
푹 수그린 고흐 씨 얼굴이 텅 비어 있었다
해바라기 시든 줄기 밑에 씨앗들이 가득 떨어져 있었다
발밑에 흩뿌려 놓은 별들이 저마다의 속도로
빠르게 움직이는 소리가 들리는 것 같았다
잘 가요, 고흐 씨, 잊지 않을게요. 고마웠어요!

쓸쓸한 날엔 쓸쓸해하자

쓸쓸한 날의 쓸쓸한 기분은
살아 있는 게 뭔가 의미 있는 것 같은
특별한 느낌을 줘
쓸쓸한 날이 찾아오면
가슴에서 울려 나오는 말이 잘 들려
평소엔 그런 말들 무시하거든
복잡한 생각 귀찮으니까
되든 안 되든 공부나 하자 그러거든

쓸쓸 한 숟가락, 쓸쓸 두 숟가락, 쓸쓸 세 숟가락
쓸쓸을 꼭꼭 씹어 먹다 보면 가슴의 말이 점점 더 잘 들려
기왕 태어난 거 정말 근사하게 살고 싶어져
발 동동 구르는 시험 성적, 대입, 스펙,
그딴 게 좀 하찮게 느껴지고
좀 더 의미 있고 재미있는 뭔가를 하며 살고 싶어져
그 뭔가가 뭔지는 아직 잘 모르겠어서
쓸쓸한 날이 계속 찾아오는 걸까?

한국어 문법 초보

새싹 아기

엄마, 엄마는 몇 월에 엄마였어?
왜 아빠가 아니고 엄마였어?
엄마, 나는 몇 살에 봄이 왔어?
몇 밤이 되면 봄이야?
봄이 잠자면 겨울이 늦어?
나는 몇 년에 아기가 되었어?
생일이면 몇 월이 태어나는 거야?
오늘은 며칠에 잠이 와?
일요일이 봄이야?

한국어 능력 상급

운동장 옆 나무들 위로 달콤한 햇살이 떨어지고 있어
잘 들어 봐, 냠냠, 나무들이 밥 먹는 소리 들리지 않니?
나무들은 햇살 밥을 먹고 물을 마시고 바람 디저트를 즐
기지

나무들이 밥 먹을 땐 꼭
햇살이라고 쓰고 싶어
햇빛도 햇볕도 아니고
햇살이라고 써야
맛있는 밥이 되는 것 같아

햇빛, 햇볕, 햇살은 분명 다른 느낌이야
햇빛은 특히 시각, 햇볕은 특히 촉각, 햇살은 시각 촉각
후각 미각이 모두 함께 느껴져

햇빛이 눈부시고……
따사로운 햇볕이 손등을 간질이고……
햇살이 듬뿍 쏟아져……

갓 지은 밥 냄새 풍기는 햇살 냄새
언덕의 나무들은 식욕이 왕성하고!
나는 국어가 넘나 좋고!

좋을 때

나는 어서 어른이 되고 싶은데
어른들은 말하지
좋을 때다, 네 나이로 돌아갈 수 있다면!

그래서 나는 생각을 바꿔 보기로 했어
지금이 왜 좋은 때인지에 대해
진지하게 한번 생각해 보기로 했어

생각의 결론은 나지 않았지만
이것 하나는 분명해졌어

어서 어른이 되고 싶다고 투덜거리면서
지금을 지루하게만 여기다가는
언젠가 내 나이를 부러워하는
저 어른들 신세가 될 게 분명하다는 것

그러니 나는 하고 싶은 거 다 해 봐야겠다!
후회 없이 지금을 살아야겠다!

걷는 청춘

가슴을 쫙 펴고 턱을 약간 당기고
힘차게 발을 내어 딛지 발꿈치를 먼저 착,
다음엔 발바닥을 착,
그리고 발가락을 착,
착, 착, 착, 리듬을 만들며 걷지
중요한 건 속도가 아니라 리듬이다
허리 엉덩이 허벅지 무릎 종아리 발목
몸을 이루는 모든 부위를
느끼며 걷는다
긍정하며 걷는다
존중하며 걷는다
땅에 가까운 내 몸이 푸르러진다
하늘에 가까운 내 몸이 맑게 깨어난다
어느새 나는 걷는 나무
발은 땅을 딛고 머리와 꿈은 하늘로
스스로 웅장해지지 매일매일
나만의 리듬으로 자유롭게
나만의 새잎들이 가슴에서 돋아나지

댄스, 푸른푸른!

난 내가 좋아 난 니가 좋아 우리가 친구라서 난 너무 좋아 우린 아직 어리지만 가능성이 무한해 댄스, 푸른푸른! 너에게 달려가는 나의 푸른푸른!

난 내가 정말 좋아 뭐가 안 되어서 좋아 뭔가 되어도 좋아 난 니가 정말 좋아 댄스, 푸른푸른! 운동장에서 광장에서 하굣길 공원에서 때로 교실에서

우리는 춤을 추지 우리에겐 한계가 없어 가능성이란 그런 뜻이지 나는 나의 가능성, 무한히 열려 있지 내 인생은 내 거야 뭐가 되어도 좋고 안 되어도 좋고 뭐가 된 뒤에도 나는 그 뭐에 묶이지 않을 거니까

난 니가 좋아 너랑 함께 댄스, 푸른푸른! 이 시간이 그냥 좋아 우리의 몸은 우리의 말, 생생한 푸른푸른 말

어른들은 몸보다 먼저 말을 짓지 그리고 말에 복종하라고 해 난 싫어 난 안 해 말과 몸은 함께여야지 함께 달려야

지 함께 웃어야지 내 몸이 내 말이야 나는 나의 가능성, 내
푸른 말을 막지 마

　내 춤은 사랑 내 미소는 용기 너를 향해 내미는 내 손은
평화, 푸른푸른 나와 너와 우리의 댄스, 무한히 푸른푸른!
바로 너 바로 나 바로 우리

겨울로부터 봄으로

2017년 가을부터 청소년 독자와 함께 읽을 시를 쓰기 시작했다. 겨우내 아주 이상한 시간대를 살았다. 중년의 나이에 십 대의 나를 불러내고 그동안 내가 만난 청소년들의 목소리를 떠올려 함께 살면서 2018년 봄이 되었다.

고백하건대, 이십여 년간 내가 써 온 모든 장르의 글을 통틀어 작업 리듬 만들기가 가장 어려운 여정이었다. 보통은 달이 차고 비는 한 달 정도면 작업에 본격 진입할 수 있는 몸이 만들어지는데, 이번엔 번번이 실패했다. 진입 자체가 이렇게 어려운 문은 처음이었다.

정서적 몸이 만들어지지 않으니 작업은 더딜 수밖에 없어서, 여러 날 작업해도 결국 한 편의 시도 못 건진 때가 많았다. 쓰고 버리기를 거듭하면서, 이 작업, 애초에 무리였던 건 아닐까? 회의하기도 했다.

그럴 때마다 나를 노트북 앞에 다시 데려와 앉힌 것은 아이들이었다. 지난 삼 년간 중고등학교와 도서관에서 내가 만난 십 대들, 그리고 내 기도의 첫자리에 촛불 밝혀 두었던 노랑리 본자리의 아이들.

가을부터 시작한 작업이 겨울이 퍽 깊은 후에야 비로소 리듬을 타기 시작했다. 긴 겨울의 가장 단단한 중심부였다. 아이들과 함께 꽝꽝 언 강변을 자주 걷고 달렸다. 겨울 한가운데로 여린 연둣빛과 진초록 눈발이 새싹처럼 내려앉았고 아주 엷은 노랑연두의 잠을 간간이 잤다.

아이들과 함께 읽을 백여 편의 시를 최종 정리해 책상 위에 올려 둔 날, 흰 종이 뭉치 위로 떨어지는 햇볕이 유난히 따뜻해서 눈 속이 시큰했다. 그렇게 봄이 왔다.

고백: 청소년, 그리고 시

사실 나는 그간 통용되어 온 '청소년시'라는 명칭에 대해, 그리고 청소년시집이 따로 제작되는 현상에 대해 얼마간 갸우뚱했던 사람이다.

청소년 독자를 위한 산문 장르는 필요하다고 생각했다. 십 대 연령층과 소통하기 좋은 산문의 결이라는 게 분명히 있기 때문이다. 영상 매체에 밀려 나날이 줄어 가는 청소년기의 독서 경험을 북돋울 응원을 할 수 있으려면 다양한 읽을거리가 더 풍성히 창작되어야 한다. 오래전에 '어른을 위한 동화'로 썼던 『바리공주』를 청소년을 위한 소설 『희망을 부르는 소녀 바리』로 개작해 출간했던 이유도 이런 맥락에서였다.

문제는 시다. '1+1=∞'를 지향하는 시 장르의 특수성은 특정 연령대를 독자층으로 국한하는 창작과는 거리가 있을 수밖에 없다는 게 내 생각이었다. 구성된 문장 너머, 감각과 의미의 천차만별을 무한히 개방하려는 장르가 시다. 한 편의 좋은 시를 연령대가 모두 다른 백 명의 독자가 읽으면 저마다의 감응력에 따라 백 편의 시가 된다. 한 편의 시에 대한 이해가 독자의 연령과 경험에 따라 달라지듯이, 한 권의 좋은 시집을 곁에 두고 살면 동일한 시집에서 특별히 감응하는 시들이 시공간과 누적된 경험에 따라 달라질 확률도 높다.

그러니 나는 청소년 독자를 따로 상정한 시집보다 그 자체로 좋은 시집을 독서할 기회가 청소년들에게 더 많이 주어지는 쪽이 옳다고 생각해 왔다. 좋은 시집을 읽다가 그 나이의 자기 감수성과 통하는 몇 편의 시를 만날 수 있으면 가장 좋은 거라고. 시어로 구축된 문자의 세계를 개별적인 시편으로가 아니라 '시집'의 형태로 경험해 보는 것만으로도 우리 감성의 어떤 심층은 분명히 확장된다. 문자로 쓰인 가장 광범위하게 열린 감수성의 지평이 시이기 때문이다.

그런 까닭에 청소년으로 연령대를 특정한 시집은 내 몫이 아니라고 여겨 왔다. '청소년시'라는 이름으로 시집이 나와도 팬

찼다면 그 주체는 청소년 당사자이거나, 청소년과 함께 일상의 희로애락을 나누는 교사들, 혹은 청소년기 아이를 둔 부모들이어야 하지 않을까 하고.

그랬던 내가 '청소년시선' 시리즈 중 한 권으로 청소년시집을 내게 되다니. 이 변화를 만든 것은 약속 때문이다.

약속 혹은 숙제

안산 단원고 교정에서 약속을 했었다.

고요하게 가라앉은 텅 빈 운동장에 아주 많은 목소리들이 떠다녔다. 떠나고 없는 아이들과 친구들의 부재를 감당하며 학교에 다녀야 하는 아이들이 모두 아팠다. 잃어버린 아이들과 이 땅에서 살아가야 할 아이들 모두를 위해 우리는, 나는, 무엇을 해야 하나. 무엇부터 해야 하나.

그해 봄 이후, 내 일상의 동선에 비교적 큰 변화가 생겼다.

이전에는 웬만하면 피하던 게 중고등학교 강연이었다. 내가 고등학교를 다녔던 이십오륙 년 전보다 별반 나아진 게 없는, '좀 더 나은 세상'을 바라며 한 세대가 흘러오는 동안 여전히 행복하지 않은 학교를 목도하는 일이 괴로워서 피했더랬다. 인생을 통틀어 가장 말랑말랑한 감수성의 시기, 자신의 가능성을 발견하는 기쁨으로 매일 새로워야 할 아이들이 여전히 새벽부터 한밤중까지 시험지옥의 압박에 지쳐 가는 모습을 대면하는 게 힘들어서 피했더랬다.

더는 피하지 말자고 마음먹었다. 아이들을 만나러 와 달라는 요청이 오면 다른 어떤 곳보다 먼저 일정을 잡았다. 노랑리본 자리의 아이들에게 한 약속 때문이었고, 스스로에게 부과한 숙제이기도 했다.

아이들과 함께 읽을 시집

그렇게 삼 년이 흐르는 동안, 내 생애 가장 많은 십 대들을 만나면서, '청소년과 함께 읽을 시집'을 써야 한다는 것을 받아들였다.

나를 학교나 도서관으로 초대해 아이들과 만나게 해 준 선생님들은 문학을, 무엇보다 시를 사랑한 분들이 많았다. 아이들과 시인을 대면시켜 주고 싶어 한 마음의 배경은 단순하고 강력했다. 좋은 것을 함께 나누고 싶은 마음. '시 읽는 즐거움'을 아이들에게도 알게 해 주어 삶을 누리는 강력한 능력 하나를 가지게 해 주고 싶은 스승의 마음.

학교는 여전히 꽉 막혀 답답하지만, 놀랍게도, 아픈 학교 안에서도 아이들은 아름답게 자란다. 누가 뭐래도 순수는 아이들의 힘이다. 아이들은 내가 짐작한 것보다 훨씬 힘차고 다양한 결로 시를 받아들였다. 문학을 문학답게 누릴 기회가 없었을 뿐, 아이들은 물을 빨아들이는 스펀지처럼 해맑고 강력하게 시

혹은 시적인 공기를 흡입했다.

　누릴 능력이 있다면 인생을 풍요롭게 만드는 데 가장 강력한 힘을 가진 것이 예술이다, 문학이다, 시다. 자신만의 삶을 향유할 줄 아는 사람들, 자유의 감각을 생의 감각으로 일치시키는 능력을 가진 사람들은 대부분 예술을 즐길 줄 아는 사람들이다. 특히나 시 읽는 즐거움을 아는 이들은 세상의 속도에 무력하게 휩쓸려 함몰되지 않는다. 세상이 강퍅해도 그들은 자신만의 생의 리듬을 창조하며 스스로를 보호할 줄 안다. 이것은 문화예술과 밀접한 독서가 인간에게 주는 가장 강력한 힘이자 위로이다. 이런 능력은 사회 경제적 지위와는 아무 상관이 없다. 아무리 부자여도 메마른 영혼의 감옥에 갇힌 부자유한 이들도 많고 아무리 가난해도 자신만의 생의 리듬을 구축하며 자존감 높게 인생을 누리는 자유인들도 많다.

　가르치는 아이들이 자유인의 능력을 갖길 바라는 선생님들은 한결같이 청소년들이 읽기에 적합한 시집들이 좀 더 많이 창작되면 좋겠다고 아쉬워했다.
　독서 좀 한다는 어른들도 시집 읽기를 어려워하는데 아이들은 오죽하겠어요? 어린이도 어른도 아닌, 인생 전체에서 십 년도 채 안 되는 짧은 시기이지만 몸과 마음이 폭풍처럼 성장하는 이 수수께끼 같은 시기에 문학이 좀 더 집중해 줄 필요가 있어요. 더구나 그것이 내면의 아름다움과 자유를 발견하게 도와주는 시라면! 좋은 청소년시집이라는 징검다리 위에서 물수제비뜨며 즐겁게 놀아 본 아이들이라면 성인이 된 후에도 자기 발로 걸어 시집 서가를 찾을 가능성이 많아지지 않겠어요? 다양한 내용과 재미를 가진 청소년소설들에 비해 일단 시는 창작량 자체가 너무 적어요.

현장 교사들과 이런저런 이야기들을 주고받은 그간의 시간이 나의 변화를 재촉했다. 이미 출간되어 있는 좋은 청소년시집에 더해 더 많은 시인들, 교사 시인들, 청소년 시인들이 더 다양한 빛깔의 시집들을 창작해 가는 미래를 상상한다.

봄의 말, 봄의 몸

봄이 말한다. 사랑이 아니라면 이 모든 게 다 무슨 의미가 있겠어요?

귀 기울여 듣는다. 고개를 끄덕거린다. 깊이 포옹한다. 사랑의 말인 봄의 몸을. 말과 몸이 분리되지 않은 새싹과 여린 잎들과 자유로운 뿌리와 충만한 꽃들을.

지난 삼 년간 내가 만나 온 아이들이 이 시집의 창작자다. 나는 다만 쓰는 자로서의 몸을 빌려준 것일 뿐. 내 안에서 오래 산

소녀가 종종 빙그레 웃었다. 다행이었다.

잘 사랑하기 위해 가져야 할 자유의 감각, 순수의 힘, 꿈에 대해 낙관하려 한다. 십 대를 건너는 친구들이 눈부시고 고단한 바로 그 시간을 온전히 누리며 통과하기를 뜨겁게 응원한다.

2018년 봄
김선우

* 이 시집의 첫 독자가 되어 뒤표지에 글을 남겨 준 인디고서원 벗들에게 고마움과 응원을 전한다.

창비청소년시선 14
댄스, 푸른푸른

초판 1쇄 발행 • 2018년 5월 30일
초판 7쇄 발행 • 2024년 1월 29일

지은이 • 김선우
펴낸이 • 김종곤
책임편집 • 서영희
펴낸곳 • (주)창비교육
등록 • 2014년 6월 20일 제2014-000183호
주소 • 04004 서울특별시 마포구 월드컵로12길 7
전화 • 1833-7247
팩스 • 영업 070-4838-4938 / 편집 02-6949-0953
홈페이지 • www.changbiedu.com
전자우편 • contents@changbi.com

ⓒ 김선우 2018
ISBN 979-11-86367-99-5 44810